*Fixe un certain temps les poussins dans les pages précédentes et tu auras une surprise.*

ISBN 978-2-211-08991-3
Première édition dans la collection *lutin poche* : octobre 2007
© 2005, l'école des loisirs, Paris
Loi numéro 49 956 du 16 juillet 1949 sur les publications
destinées à la jeunesse : septembre 2005
Dépôt légal : octobre 2023
Imprimé en France par Clerc SAS à Saint-Amand-Montrond

# CLAUDE PONTI

# Mille secrets de poussins

les lutins de l'école des loisirs
11, rue de Sèvres, Paris 6ᵉ

Les poussins vivent dans un immense pays, de l'autre côté des livres. Seul, Blaise a le pouvoir d'ouvr
dans une chambre, une bibliothèque, une forêt, une montagne, un berceau, une épicerie
il y a des poussins. Ils peuvent aller d'un livre à l'autre, en passant au traver

4

les portes magiques et des passages secrets dans les livres pour les traverser. Dès qu'il y a un livre quelque part,

ès qu'il y a un petit bout de page emporté par le vent dans les nuages, ou tombé derrière une armoire,

le tous les livres de tous les pays du monde entier. Ils sont partout.

Les poussins naissent dans des œufs à poussin, pondus par Olga Ponlemonde sur son arbre, Atanarulf[...]
dans des œufs à saucisses, ils seraient des saucisses. Eggscétéra. Les poussins grandissent dans leur œuf
tout en dormant, ou en faisant ce qui les intéresse, bien confortablement

Dumondpondu. S'ils naissaient dans des œufs à maisons, ils seraient des maisons, et s'ils naissaient
ils commencent par être minuscules, comme un point au bout d'une phrase, puis ils poussent
orsqu'ils sortent de l'œuf, ils ont déjà leur vraie taille.

Quand les poussins en ont assez d'être enfermés, ils brisent leur coquille. Hégésit utilis
de livres, Bellafi-Djéralle gonfle des ballons, Ossinkzo taille une sortie aux ciseaux
Les petits frères et les petites sœurs poussins sont des poussins spéciaux

ne perceuse sans fil, Hégésitpa pousse le cri qui explosille les coquilles, Gloria monte sur une pile
lipododo attend une chute de poussin envoyé en l'air, et Oulhalharavi se jette dans un précipice.
s naissent dans des petits œufs, et sont les seuls qui grandissent en dehors de leur coquille.

Les poussins sont des poussins de livre, ils ne meurent jamais. C'est impossible. Si elle essaie de mourir exprè
tous les mercredis à neuf heures trente-huit : même piquée par une guêpe géante, frappé
écrasée par le Martabaff puis par un éléphant, Anna ne meurt pas. Les poussins n'ont pas peur de la Mor

ily-Madjaro ne meurt pas. Duvette non plus, ni Alim-Malaya. Anna-Pournalaho fait une démonstration
la tête par un roc, percée de cinq flèches, trouée au revolver, incendiée, éteinte à l'eau glacée,
ailleurs, ils lui font plein de grimasques : Fiorde, sans rien, Skeutédröll, avec ses fesses et Patankmoit aussi.

Les poussins sont pleins dans leur dedans, il n'y a pas de vide en eux. Si on agrandit un poussin d'un cou
C'est le squelette qui fait tenir le poussin debout ou couché et qui lui garde sa forme de poussin

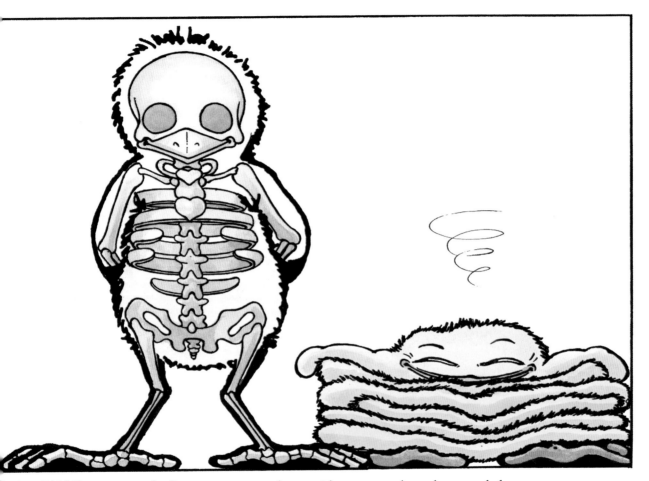

Ie Bzzz-BkkkK, pour regarder l'intérieur, on voit bien qu'il y a un squelette dans son dedans.
ʒans lui, un poussin ressemblerait à une pile de crêpes, et il aurait une vie toute plate.

Certains poussins s'amusent à mélanger leurs os. Cela n'a aucune importance, ils vivent tout aussi
Au fond du dedans de son intérieur, chaque poussin est très différent des autres. Éveritou
a des pensées très profondes comme des poisson

bien que les autres. Comme on le voit, les poussins mangent de tout et font caca des rondeboules bleues.
connaît le monde entier, il a en lui une pensée pour chaque être et pour chaque chose. Capfréhélle
et d'autres très légères comme des oiseaux…

Les poussins ne mangent jamais deux jours de suite de la même façon. Ce ne serait pas drôle du tout n'importe comment. Il leur arrive de manger exactement comme à la cantine de l'école ils bâffronnent avec les cochons. Et, de temps en temps, le dimanche soir, ils s'empigoinfrent comme

la nourriture aurait moins bon goût. Parfois ils mangent n'importe où, parfois n'importe quoi et parfois
là, c'est la Gigantorigolade. Certains jours, ils dînent proprement, d'autres jours,
s Romains. Les poussins ne portent jamais le masque de Blaise pour manger. Le masque ne mange pas, il rit.

Les poussins se lavent sans le savoir. Dans leur Savonothèque, où vivent trois Grobine[t]
et de siestons. Pendant que les Grobinets font la douche, la mousse bulbul[e]
sur le ventre ou sur les pattes. Quand ils ont bien joué, ils sont tout propres. Pendant que Mok[?]

collectionnent du savon de tous les pays d'Europe. Ils y creusent des maisons pleines de salons
où les poussins jouent. Ils font des glissades, des plongeons et des sauts à savonnette,
se casse les jambes, Alliouchaoui se fourfouille les oreilles, Blouquette se bigoudise et Iota se coiffouille.

*Les poussins ont deux sports favoris. Le premier : sur une corde tendue, rester en l'*

Les poussins ont deux sports favoris. Le deuxième : décollage par coup de pied géant d

plus longtemps possible en jouant à des jeux comme : Saute-poussin, Équilibre sur plume d'aile.

derrière pour se faire envoyer en l'air et y rester le plus longtemps possible avant de retomber.

*Et aussi : Danse Pa-Tsombé-Tsombé en regardant le ciel, Plongeon dans un poussin de fa*

S'ils ne réussissent pas à tomber sur le tas de coussins, sur l'herbe, les trampolin

*Marche silencieuse, Course rapide, Course lente, Course avec freinage fou devant Marguerote.*

...s boudins pneumatiques, ou dans l'eau, ils retombent dans n'importe quelle page.

*Et encore : Appel des copains de la page précédente, Tirage de langue, Saut de puc*

Quelle que soit leur façon de tomber, les poussins ne peuvent pas se casse

Course immobile les yeux fermés, Saut de fourmi à grosse voix, et lire, assise, une belle histoire.

i se noyer, ni se faire mal, même pas un petit bobo, sauf pour de rire dans une belle histoire.

Les poussins sont toujours occupés. Sinon, ils ne feraient rien et s'ennuieraient. Alo
Ou ils domptent des taches, s'envoient en l'air, splitouillent une grande Tatouille, attrapent des Grobine
s'embrassent, se câlinent, et débouchent une Tempêteuse bouchée. Ou encore, ils fo

s jouent au savon, font des courses de tartines Beurre-Confiture et se racontent mille secrets.
uvages qui fuient et chassent le Mange-poussin. Ou bien, ils s'empigoinfrent, dansent le Souine-Gopatt-fol,
es grimasques à la Mort, hésitent entre trois envies ou s'envolent sur des cœurs rouges baladeurs.

23

Quand ils dorment dans leur maison du château d'Anne Hiversère, les poussin
Et le dernier soir, c'est celui qui porte le masque de Blaise qui change de place. Quand ils dorment ailleur
c'est que c'est le poussin qui port

couchent tous les soirs dans la même position et au même endroit, sauf un.

poussins dorment où ils veulent et comme ils veulent. La vérité du secret numéro un de Blaise masque de Blaise qui devient Blaise.

Quand un poussin a envie de faire une farce, ou une bêtise, ou une surprise, il met le masqu

Et, dès qu'il enlève son masque, il redevient le poussin qu'il était avant. Par exemple, si Arabelladonnanai

Par ailleurs, si des poussins s'alignent les uns à côté des autres, sans boug

il devient Blaise. À ce moment-là, personne ne sait qui il est. Il peut faire ce qu'il veut.
et le masque, elle est Blaise. Mais, si elle enlève le masque, elle est de nouveau Arabelladonnanaills.
n voit bien qu'ils sont tous très différents, même s'ils se ressemblent.

À toutes les autres questions, il n'y a qu'une réponse : la Méga Gigantorigolade. Blaise et les poussins rient tellement que l'un d'eux devient le méga-Gigantopoussin-montagne, l'écrabouilleur des gens qui ne rient pas. Ce n'est jamais le même poussin qui devient le méga-Gigantopoussin-montagne, et c'est tellement si drôle, que tous les poussins veulent tout le temps mille autres questions.